# 火山口的音樂

陳家帶

# 目錄



## 輯一　在地平線外

## 輯二 靈光再現

## 輯三 鏡面折射中

## 輯四 天問的形式

【推薦序】

# 詩出一條回家的路

## ——陳家帶詩集《火山口的音樂》序

白靈

詩是宇宙潛意識在人身上的展現形式，詩的生發絕非偶然，必是遍在宇宙各個深處角落的。每個人都似獨立的一顆星球，不知為什麼地繞著一個黑暗中心旋轉，內在都充滿了能量，卻可能一輩子都忘記向外噴發，詩人是耐不住這種騷動的。而騷動的騷字拆開來看，或指馬匹耐不住搔癢，內在涵義說的正是一種被壓抑的情緒無法忍耐後的行為表現，如此詩人之所以會被叫騷客也就不足為奇。「深閨幽怨，騷客工愁」，詩人的愁正是內在壓不住的能量時不時要向外噴發。仰望夜空，浩瀚星海，有光處必有無數行星飽含火山想要噴或正在噴，而恆星或像是徹底炸裂解放至極致而不可收拾的火山。

陳家帶在漫長的「詩的火山歲月」中則是極為隨心、隨性乃至隨緣的，有時想起「火山口的音樂」了，就向外噴一陣子，更多的日子幾乎是休眠的狀態，玩一玩他的黑膠唱片，舉起紫砂小嘴壺沖倒他的鐵觀音茶，要不吆喝著旅行考察去了，像極了他的故鄉基隆，後來就常常忘記了下雨，而年輕時的基隆那可是全世界的雨都會下在同一個黑色屋頂上的。當他還是二十多歲的啷噹青春，當七、八〇年代詩人輩出時，他即以一首代表作〈雨落在全世界的屋頂〉崛起詩壇，才一出手即鶴鳴雞群，譜出了自己年輕特異的聲音，比如這樣的段落：「我聽見輕快的雨聲中載負幾分重量／我看見華美的雨光中含帶幾抹淒涼／／我知道雨是孤獨削瘦的／被天體分割被地磁引誘／我知道雨是靜默神祕的／被全世界發光的事物歡呼著／／春天使得黑暗也開始流動的時候／我看見全世界的雨落在同一個屋頂上」，如此豐美的意象、流動著音樂聲響的詩句，在那年代絕對是獨特而令人神怡嚮往的，此後傳誦多時，被晚出的詩人讚揚有加，譽為具有「最高濕意」（鯨向海語）的傑作。

只可惜他在一九七五年出版《夜奔》、一九八〇年出版《雨落在全世界的屋頂》後，詩名正盛，卻隱伏沉寂了近二十年，間有零星詩作，要到一九九九年才再出版《城市的靈魂》一書。之後又再度如「火山口的音樂」暫時休眠去了，到二〇〇八年才聽說他以一首〈鐵觀音在我身體旅行〉榮獲台北文學獎現代詩首獎，那時他已年過半百，而且在簡介中預告即將出版詩集《春天不會偷工減料》，卻始終未見到此書，要到二〇一一年才見到詩集《人工夜鶯》問世。如此或可看出他隨心又隨緣、不隨潮流起伏的個人特質，果然如孤立荒野的一座火山，想噴才噴、欲火才火，在二〇〇八年的簡介他還自謂「喜歡美好純粹的事物，例如印象派音樂、新浪潮電影，還有火候獨特的貓空鐵觀音茶。於詩深愛王維的高淡，也欣賞李商隱的深幽。」高淡、深幽正說明了他的詩觀，恐也是人生觀。其後他的「噴發」趨於常態，二〇一五年出版《聖稜線》，接著即是眼前這本《火山口的音樂》了。

對「美好純粹的事物」偏好，說明了陳家帶的「潔癖」，但這世界偏偏所有事物都摻了很多雜質，甚至是惡濁不堪的，由此必生矛盾糾結。但作為新聞專業、記者出身的陳家帶，基於本業專長，又有為民發聲的天職，很自然地會對所處環境和世局、乃至對現代文明、自然生態的遷變，有深刻入微的觀察，相對於常人，有更深切的記錄、思索和體會，剛好可藉助左右身邊的媒體刊物代為傳播，如此其騷其憂不必然再以詩藝傳達，這或可解釋他休眠期偏長的原因。但新聞講究真實和批判，這畢竟離他喜好的「美好純粹」有不短距離，甚至格格不入，於是內在騷動依然，那又當如何「離其騷」或「離其憂」？這又可能使他想起離群孤立荒涼的「火山口音樂」了。他的新聞專業是「即」，他的火山口是「離」，除了音樂和茶，他的詩於是成了我們還看得見的陳家帶展現「美好純粹」的一面，那是他將世界「提純」的方式。

從《火山口的音樂》四輯的分類或可約略見出他「提純自身」的策略，輯一「在地平線外」是地，輯三「鏡面折射中」是人，輯四「天問的形式」是天，輯二「靈光再現」接近詩藝神祕之源，可視為神，四輯剛好是海德格「天／地／人／神」四重說的領域，而「神」正足以抵擋被非本真化、並試圖重建的「天／地／人」，使之回歸正軌。

輯一「在地平線外」多歌詠台灣地景地貌，深怕它們日漸消亡，乃有如〈黑琵中請勿打擾〉中說：「水面最痛的倒影／不斷不斷啄著我底心／蒼天的零碼傑作／骨立形銷／HAPPY中／請勿打擾」，HAPPY跟「黑琵」成了同音同義詞，卻有可能遭到驚擾，詩人為此擔憂而提出呼籲，即使呼籲沒什麼用。〈七隻藍腹鷳公民調查〉中說：「島嶼四周滿布電眼／天空嚴限航權／對鳥的自由飛翔／拒蓋關防」，人為設施干涉了「美好純粹事物」的自由，陳家帶藉詩提出他新聞專業所見的擔心。因為地表原生原種的「美好純粹」有可能為我們「地圖出一條回家的路」（〈棲蘭三姊妹〉），包括保持尚稱完整的地貌，如他筆下的龜山島、大武山、基隆嶼、芹壁、司馬庫斯一樣，站在地平線上，「那伸展天父地母之姿」（〈司馬庫斯部落〉）、「憂鬱的實體／救贖的虛線」（〈基隆嶼〉）卻始終活在他心中的地平線之外，成為「美好純粹」的一部分。

輯二「靈光再現」則是他平日玩賞文學藝術的感懷和心得，兼向心儀的古今藝術家致敬，詩有曹操、曹植父子，小說家有曹雪芹、白先勇，音樂最多，從莫札特、蕭邦、布拉姆斯、德布西、史特拉汶斯基、到蓋希文、約翰・凱吉，此外還有普普藝術的開創者安迪・沃荷等。其中寫曹操的〈天下——給〈短歌行〉按讚〉，是最好、最有氣勢的一首，全詩長達六十二行，不方便全引，先約略引前四段於下：

誰在長江新下水的戰船裡
斟一大碗杜康
和夕陽對飲

當楚地悲風沉落下來
軍旗收偃　太鼓噤默
殘念不肯放棄的
天下　就
懸於那一滴

從黃昏喝到黑夜的
一滴
兩滴
三滴⋯⋯

老酒——夕露為酒
拷貝滿溢的月色
淒涼映照蟳蟧般

朝死暮生的兵卒
渡河　越嶺
伐蜀　攻吳
無非為了關閉亂世
導演新一輪日出

曹操（西元一五五—二二〇年）一生傳詩二十首，最著名的〈短歌行〉有說並非寫於漢獻帝建安十三年（西元二〇八年）赤壁之戰的前夜，而應該是在大戰之後的二一〇年、曹操發布了著名的〈求賢令〉左右，是為求賢才而寫。但因《三國演義》中就寫了熱血的橋段，說曹操在對月狂飲醉意中喝多了杜康，想起半生縱橫、掃蕩群雄的偉業，面對彼岸吳軍死寂無聲，忍不住壯懷激烈，遂對酒當歌，橫槊賦詩，寫下了千古名作〈短歌行〉，後世遂以此為準。陳家帶此詩截取了原〈短歌行〉前八句「對酒當歌，人生幾何？譬如朝露，去日苦多。慨當以慷，憂思難忘。何以解憂？唯有杜康」中的「露」與「酒」為焦點意象，並以其晶亮透明去與「佼佼如月，何時可掇？憂從中來，不可斷絕」、「月明星稀，烏鵲南飛。繞樹三匝，無枝可棲」中的「月色」（陳氏加上「日出」）相對映，讓天下生民的擾攘痛苦均倒懸如一滴露一滴酒，所有的爭戰殺伐「蜉蝣般／朝死暮生的兵卒」都在那轉瞬即消逝的一滴中狂亂演出。〈短歌行〉末尾說「山不厭高，水不厭深；周公吐哺，天下歸心」，此心表面是輔佐獻帝，其實「為了關閉亂世／導演新一輪日出」的是曹操自己，雄心壯志，於焉展現。

底下兩段大致呼應了曹操欲解天下於倒懸所付出的努力，不能棄之不顧「靜候人間蒸發」，於是用「朝露釀造的新詩／高懸星空告示板」，具體呈現了「露珠裸露本體／八面玲瓏／轆轆轉動著蒼生命盤」的殘酷本質，至哀又至美。接著又說曹操除了是政治家、軍事家、詩人，也是書法家「一行一行的行草／趁夜色如墨暈染江山」，借起手下筆的自如也暗喻了他本領超人「改朝換代／不過手掌翻覆的工夫」。倒數第三段則諷刺曹操在最終戰前太過得意於賦詩成功，未料敵人火攻詭計正在侍候：「酩酊於新樂府／竟忘了恐怖分子的火攻連環計」。末二段則跳出曹操的影子影響，從後人的高角度給他一個評價：

天下懸於一滴甘露

一滴宇宙縮影
善惡同軸
忠奸莫辯

而今你在天上看天下——
時間狂潮，淹沒的
豈止是爾曹

末了甘露（露／酒／詩）成了「一滴宇宙縮影」，詩的英雄卻又是亂世的奸雄，一人飾二角，如同多少政客難分奸忠，「善惡同軸／忠奸莫辯」成了歷史常態。然而無論如何「時間狂潮，淹沒的／豈止是爾曹」，末句有趣，淘盡了英雄奸雄，豈止只有「你們」，卻也暗指「你們（爾）曹家（曹）」全部人。所有紛爭無不一場空，只有詩及建安派被留下，這是陳家帶要「給曹操〈短歌行〉按讚」的緣由。語言文字「提純」了曹操的才藝，最終屬於「美好純粹」的一部分，從此不再屬於曹孟德或阿瞞了。只因「美」，如同死亡，足以「目空一切」（〈晚餐後彈蕭邦〉）。

輯三「鏡面折射中」或書寫塵世景象或對自我身處其間的對應／脫離方式，依舊充滿聲音的元素，比如〈火山口的音樂〉、〈某個失聯的夏日〉等均可觀察，舉數節為例：

半月形沙灘已揚升
萬物之旗號：

笑　墨鏡　棕髮　可樂罐
陽傘　啤酒　交媾　比基尼
嗶啦啦　藍　汗　乳房　恥骨
口哨　慾望　浮標　深不可測

太陽一直照到誰的——
誰的屁股上頭照到——

屁股停棲烏鴉太陽——
太陽方才無奈落海……

漂流木 潛水 念經 浪花
亡靈 救生索 樂極生悲
睡美人 孤寂 擱淺
躍金 永劫回歸 淚

啊，望見夏日燦爛
以及潰爛中的全體
（〈某個失聯的夏日〉中段）

有如一群恐龍
震盪大地之後
沉睡於眾弦俱啞的休止符

我們反覆挖掘
過門的間奏曲
膜拜神祕自然之子

彷彿造物曾經專程蒞臨
遺下堆垛音樂密碼
不落言詮

我們繞行火山口
憑弔這演奏到一半——突然中斷的
行星交響樂團

（〈火山口的音樂〉後半）

巴什拉曾以古希臘「火、水、土、氣」四種「物質本原說」為基礎，建構了一套「元素詩學」，上舉二例即觸及了水和火兩種。巴什拉的水既是載體也會離散，而且常處待變的暫態，因此可清澈流動、可自戀如湖面，可深邃可沉睡如死水，可靜可純潔可淨化如母性，也可鹹可淡可狂暴，陳家帶〈某個失聯的夏日〉觸及了水可載動的一切，有如欲望的各式形象，從墨鏡、棕髮、可樂罐、陽傘、啤酒、交媾到漂流木、潛水、念經、浪花、亡靈、救生索，都與水產生了關聯，此詩以快節奏進行，有如加速的心跳，令人喘不過氣來，詩的音樂快板於焉而生。

而談到火，巴什拉說火有使語言燃燒起來的效果，且有點燃、消耗、由底向上揚升、往更勝於自己的地方去、終至消亡的趨勢，因此代表一種超越和自由。且舉古希臘西西里島哲人恩貝多克利（西元前四九〇—四三〇年）投進埃特納（Etna）火山口而亡為例，說在火中死亡，是死亡中最不孤獨的，是「一種宇宙性的死亡」，像死在燈焰尖、火山尖，在不穩定中同時連通了底部的深層和尖端的自我超越。如此再讀〈火山口的音樂〉，當更能明白「震盪大地之後／沉睡於眾弦俱啞的休止符」、「過門的間奏曲」、不落言詮「堆垛音樂密碼」、以及「演奏到一半——突然中斷的／行星交響樂團」所要表達的獨一無二、飽含能量隨時可爆發的音樂是怎麼一回事了。此詩前半用了八次「的」字，到後半只剩二次，正是配合詩中火山岩漿音樂節奏感間歇噴湧、「演奏到一半」即突地休止有關，再次展現了他詩樂並行互用的素養。

輯四「天問的形式」涉及了天道中玄之又玄不可盡解的「幽明之惑，永恆之嘆」，涉及三段四論五行等形式，或有永劫回歸的玄奧隱藏其中。楚國屈原曾作〈天問〉，問了一百七十多個沒有古人可幫忙回答的問題：「明明暗暗，惟時何為？陰陽三合，何本何化？」「圜則九重，孰營度之？惟茲何功，孰初作之？」日月陰陽如何而來誰使之生？天有九重誰能度量？如此大的工程誰來完成？屈原幾乎是多疑的天文學家了。陳家帶則透過各種詩形式的實驗來提出他的天問，因此本輯在形式的變化和生命內容的疑惑和提問也最多。壓軸一詩〈世界的冠冕〉行數最長，又分「人：曙光之子」、「地：水火的祝福」、「天：萬有之門」三部分，「冠冕」二字也隱喻了孤立天際的火山，試圖貫串縮影此詩集原四輯精神，有現實、有批判、有玄想，企圖心可謂不小，唯說理略強、語言和意象稍稍跟不上。輯內可觀察的反而是〈夜總落在該落時〉、〈在不在〉、〈噪音練習〉等詩。如〈夜總落在該落時〉中的一段：

夜性急地落下來了
伊媚兒到雲端，能抵抗嗎
滑哀鳳當戀物癖，能抵抗嗎

拒絕哀悼
夜，總是落在該落時——

對天道運行、科技大潮，人都難以抵抗，但又何必為此哀悼自憐？iphone 通常譯為「愛瘋」，此處則是相當無奈地譯為「哀鳳」，充滿了新科技下人被機件掌控異化的戀物情結。而如〈在不在〉中的一節：

天地不在的地方
虛空最有型

永恆不在的時候
片刻最驚心

大不在的地方
小最霸氣

佛不在的時候
人最鳥

很輕鬆、有趣味又有哲意的段落，「鳥」此處有窩囊、俗仔、肉腳，讓人瞧不起的意思，與前舉〈天下〉、〈火山口的音樂〉等紮實有氣勢、語言意象均極到位的風格形成了強烈的對比，倒更貼近〈某個失聯的夏日〉的自由揮灑、流動跳躍又充滿了後現代感，這兩種對比強烈的語言風格，是陳家帶很可同時並駕發展、齊力試驗的詩之雙翼。

陳家帶對「美好純粹的事物」的偏好充分展現在這本《火山口的音樂》中，

不論分輯和詩作的形式和內容，都說明了詩的純粹是他的「潔癖之最」，唯如此方能如火山自深層地心噴向火山口並直上九霄雲天，將內在能量化成漿成灰成塵成煙成音成樂成無乃至無所不在，完成「天問」的形式，自由穿梭於天地人神之間，詩出一條回家的路，如巴什拉說的達至「一種宇宙性的死亡」，而這何嘗不正也是「一種宇宙性的重生」？

如此，當陳家帶說「天問，即詩的完美形式」（〈世界的冠冕〉）時，說的即是每當火山口奏出音樂，都是以最激昂純粹、不顧一切的力道仰口向上「天問」，意即以灰以煙走向死、又發出驚天交響走向生，讀陳家帶的詩時也當如是觀察和冥想。

【自序】

# 我的噴發

台灣位於歐亞板塊與菲律賓海板塊交界處，一年地震多達一萬餘次，全島多處休火山與死火山，大屯火山群且是活火山；島嶼外圍還有澎湖、基隆嶼、龜山島、蘭嶼、綠島等火山島。

這本新詩集命名《火山口的音樂》，至少有下列三層意涵：

一是透過詩文，理當功不唐捐，把大自然的火山轉化／昇華為藝術。

二是以火山隱喻創作，醞釀／潛伏都在為噴發作準備，音樂即火山運動成果。

三是象徵語，詩人行當如虎口捋鬚、雨後彩虹，最驚心動魄的地方最美麗。

這是我的第六本詩集，全屬近年新作。個人創作，比較在意文字的密度和質感，意境乃最後依歸。詩雖小眾，創造火源仍在時間長河中力爭上游，本書希望用錘鍊過的語詞來傳達不滅的情思，並嘗試為台灣山水畫上零星座標。

本書分成四輯，每輯以主題共構，合計六十首詩。

輯一「在地平線外」歌詠地景，太魯閣、鯉魚潭、六十石山、龜山島、基隆嶼、富貴角、司馬庫斯、拉拉山、北大武山、芹壁都在列，並延伸到金山的黑面琵鷺，貓空的藍腹鷴，棲蘭的台灣杉，七家灣溪的櫻花鉤吻鮭，平溪的天燈，台中世界花博會的黃花鶴頂蘭，兼及環境、文化觀照。地平線上的風景，可見可聞；地平線外的風景，餘韻留白，請你來填空。

輯二「靈光再現」是個人玩賞文學藝術的互動回饋，也藉以向心儀藝術家致敬。名單從曹操、曹植、曹雪芹，到莫札特、蕭邦、布拉姆斯、德布西、史特拉汶斯基、蓋希文、約翰·凱吉、安迪·沃荷，止於台灣現代作家。其中，〈天下〉、〈我的洛神賦〉二詩遙承曹氏父子；〈晚餐彈蕭邦〉為三連作，〈晚餐前彈蕭邦〉已收錄於印刻版詩集《聖稜線》，本書再收〈晚餐時彈蕭邦〉、〈晚餐後彈蕭邦〉兩首。值得一提的是，莫札特音樂臻靈性之巔，〈莫札特讚〉達七十餘行，濃縮了神童坎坷不凡的一生，然兩百多年來，演奏不已於風雨，莫札特恆在，幾乎成為古典音樂的代名詞，聆賞層次或有深淺晦亮，其安心迷人則均一無二。此輯意在擷取詩文畫樂的靈光片羽。

輯三「鏡面折射中」涵納小我、中我、大我。季節風貌，演出於〈誰在春天神隱〉、〈某個失聯的夏日〉、〈讀秋天〉、〈讀冬天〉；以文字展現創意的，有〈與樹交談〉、〈七上八下〉、〈夏日之熵〉；同理人我、直探氛圍的，則有〈讓鐘聲響遍〉、〈新冠風暴直播中〉、〈以霧封緘〉、〈地球進行曲〉；這些都試圖為有情世界顯影。〈鏡子的困惑〉繞著台語「海海人生」，要怎麼過盡千帆皆如是，讀者應自有勝景。折射之後的人間百態，究竟是透過凸鏡凹鏡，魔鏡神鏡？

輯四「天問的形式」乃幽明之惑，永恆之嘆。〈天國之驛〉屬人子仰望，疑幻疑真；〈清明三段體〉借音樂形式，仿李易安〈聲聲慢〉開頭疊字，製造雨聲諸多音韻；〈五行之悟〉小詩五行，又是陰陽五行；〈夜總落在該落時〉延展詩人方思名作〈夜歌〉，略近禪風。〈世界的冠冕〉為壓卷之作，三首詩又是一闋樂曲的三個樂章，每首三十六行，計一百零八行，是個人尋索天道、地理、人世的存在命題及其對應關係所擲出的小小拋物線，象於義中，理於形外，其中機關虛實，真的只能問天了。

我是個情迷無悔的音樂愛好者，也喜歡火山口那種無以言說的荒蕪與蒼涼；現在，《火山口的音樂》六十首詩都攤開在你眼珠底下了。

輯一

# 在地平線外

戎兒◎攝影

# 黑琵中請勿打擾

金山清水濕地
黑面琵鷺翩然七隻
飛越一堆白鷺、蒼鷺乃至野鴨們
悄悄臨抵我的雙瞳
白日清明的映照
啊，正是面善舊友——
我曾在四草聽聞，七股遙望
被氣旋驅使冷鋒斲傷
這隊稀客，櫛沐過黃海
枯風以及東海酸雨
暫時棲止於時空中

不動的美底一點
水面最痛的倒影
不斷不斷啄著我底心
蒼天的零碼傑作
骨立形銷
HAPPY 中
請勿打擾

# 七隻藍腹鷳公民調查

## ——台北貓空所見

在網路版圖
直播非洲蛇吞象
或者南美紅火蟻恐攻
都可以翻開時間重洋
直達啟示錄邊界

穿戴保護色
跳機而來的小群烏鴉
濃縮於一只祕密意念

投遞閃光，向雲端——

黑白雜音之間：為免
域外間諜潛入，乃有
野生動物戶口列管——
獸歸山，蟲屬洞，鳥返林
而漏網的，非魚
卻是散步貓空茶園
七隻藍腹鷴

牠們——不甩境管局，不理
檢察官——兀自
悠閒散步，滑行
這化外之鳥兀自
落羽紛紛，掀起

對公民的全面調查——
越境前來聲援的大隊候鳥
絕食自然公園。在地
帝雉，昂首舉牌
抗議不人道
孔雀也開屏
靜靜示威

祂：們，拒吃鐵觀音拒喝
銀河洞——閃著神光的
落羽啊一片一片
掀起對公民的合法調查
在網路版圖之外

# 35．七隻藍腹鷴公民調查

島嶼四周滿布電眼
天空嚴限航權
對鳥的自由飛翔
拒蓋關防
對七隻藍腹鷴的公民調查
展開調查

# 平溪是用天燈祈禱的

平溪是用天燈支撐的
冉冉飄起——自夜晚的每個方寸
連結隱性願望和顯性星空
把信念的火種交託遠方
平溪這純真小城
讓旅人不再異客

平溪是用天燈作夢的
紅、黃、粉、橙各自構築光之象限
壓縮黑勢力與惡集合

不寐！不寐！當真不媚俗
熱氣球裝置土石、花鳥和瀑布
還有三兩根羽毛
飛向更高的存在

平溪是用天燈祈禱的
薄薄一紙祝福四方，升騰島嶼台灣——
玉雪秀姑巒，壯麗的稜脈
濁水立霧阿公店，陡峭的流線
平溪這絕美小城
讓世界傾心朝山

# 月亮單攻北大武

中央山脈下行到屏東
大武硬朗的背脊一枝獨秀
迷路星星今夜
集體投宿檜谷山莊

雲靄布施無聲
鐵杉林褪下狂野
旗下臣服的箭竹叢
款款擺出隱逸姿態

山羌，水鹿，台灣黑熊
恍惚尚在密林深處徐行
山雀，畫眉，藍腹鷴
晚禱聲中驚心飛出

海拔三千，遠眺三洋
位列五岳卻無緣炫高
竟能震動魯凱排灣
族人同聲驚呼聖山

果然神木引得好風
過大武祠即踏祖靈界域
喜多麗斷崖的記憶
已然跌落瓦魯斯溪谷

暴雨曾經猛劈行囊示威
夕日曾經親臨隘口送別
崩塌的昨天，煙塵滾滾
能見度趨近零

果然失眠旅者不甘寂寞
仰臥長嘯，音貫白霧
果然檜谷群星
忽焉眨眼望向……

南台灣空中座標
矗立光之稜線上——
喔，豐滿的月亮今夜
單攻北大武，神氣登頂

注：北大武山標高三〇九二公尺，為台灣五岳之一。山頂視野甚佳，天氣好時，可遙望太平洋、台灣海峽及巴士海峽三洋。

# 司馬庫斯部落

要繞過幾圈青色山脈
才能牽起陽光的手
撫摸黑暗部落面容？

鎮西堡是無私的
馬里闊丸是無私的
哈盆，也是

塔克金溪淌著幾百年傳奇
神祕谷瀑布封存了小米酒

飛鼠綠鳩，唱答如流

紫雲英是無私的
八角蓮是無私的
參天桂竹林，也是

更蒼鬱的櫟樹後頭
以及更斑駁的寂靜裡面
紅檜巨木，群集了祖靈
伸展天父地母之姿
見證著創世雷電共生
且預備好迎迓第一名泰雅

野香菇是無私的
黃金桃是無私的

暴雨足印，也是

上有峰巒，下有岩壑
穿行荒徑時風的音符四散
滿山交響。一張五線譜

嗡嗡蜂巢是無私的
燻烤山豬肉是無私的
笑聲迴蕩，也是無私的

要造化如何面壁修練
才能端出司馬庫斯
這雪山主稜最美的盆景？

注：泰雅族人在遷移過程中，多以英雄、地形、植物來為土地命名，如司馬庫斯（Smangus）就是紀念帶領族人開墾此一深山荒野的大頭目馬庫斯，鎮西堡（Cinsbu）是第一道曙光照耀處，馬里闊丸（Malikoan）是水源地，哈盆（Habun）是兩條河交匯的地方。

# 對看基隆嶼

暴雨狂落港口
拉高了午後海平面
一隻猛禽不魚不蝦
棲止東岸碼頭
剛才鳴笛升火的遊輪
載運異鄉人的腳步聲出航
水面留下天空破碎容顏
漩渦深處傳來時間的回音
無比潮濕，斑駁，幽寂呵
或許我們正在離開

或者什麼即將萎謝
翡翠灣，外木山，八斗子
三點連線仰視海中孤懸的
基隆嶼——憂鬱的實體
救贖的虛線，引領
我們走入每個夜色
心底依然亮著
炯炯江湖燈

# 划向龜山島

遼闊的正午光景
變奏著海的千姿百儀
一整排南風傳誦晴朗
吹樹開花，拂田見穗
三星，五結，礁溪，冬山……
綠，有成串響叮噹的名字
美只寄託一種絕色
我們釋放全身感官細胞
縱情季候之巔，與六月陽光
一同火紅收割蘭陽平原

稻香，鳥聲，溫泉
悄悄夾進行囊——
喔夏節，就在此開趴慶祝吧！
我們無意遠颺造夢
僅僅需要一支小木槳
把自己划向
相看兩對眼的
龜山島

# 富貴角

大屯火山群派出的
天兵天將
來此落腳紮營
警醒點閱台灣海峽
奇譎而壯闊的波瀾

水路八陣圖精心布置
磁吸老鷹三隻
幾個迴旋
晴空，順勢定位

崗巒正當最好的靠背

左肩攬抱富基漁港
右臂伸向老梅綠石槽
日出時一匹火鳳凰
牽引整個海平面展翅欲飛
月落後，神靈過境
只餘囁嚅灰燼

在島嶼極北端下錨的燈塔
黑白相間——因眺望
而滿面風霜，因沉思
而浪漫投影——
小小岬角，則
因唯美而富貴

# 太魯閣詩

奇岩　怪石
崛起　再崛起
造山運動轟隆轟隆　平仄平仄仄
反覆拔高按讚是字典的視野

屺屼岐岔崎乎
嶇嶮岧嶠巇嶂巒哉
峋岬岫嶁崢嶸嵯峨嶙歟
峋峻峭嶬巉崔嵬者
巑巘寲嵒巋巖嶽巔矣

要捶打多少嘆詞　險句
崩落峽谷
才能自驚雷飆風中提煉出
這首斷崖之詩？

# 六十石山

雲霧深淺高低
蜜蜂鑽風引路
引領遊人探訪金針花
而未遇八月

日光朦朧
難以滲透
迷魂是唯一的聲色
如此熟悉又陌生的美

傾盆雨來嚮導
整座山都開竅了
誰還有心戀棧什麼稀珍
只要一石一石踏進你的空城計

# 夜襲鯉魚潭

——贈維君聰慧

茉莉花把夜風化成及物動詞
上弦月懸吊，並且拖曳一個大問號

形容詞是千聲百響的寂靜
連接詞即美麗純粹的黑暗

螢火蟲，最像動名詞
當飛翔悄悄屈就為副詞

餘光裡追蹤前行足印如頓號
而好山好水都將遇見鯉魚，免介系詞

環潭公路愈走愈像彎曲括弧
在意念筆直的破折號後面——

競相作冒號啊白楊樹的新芽
不得不的逗點，乃微雲心情

或者以流星為驚嘆號
銀河盡頭當作句點

讓走調的山歌留下刪節號……
我們四個主詞姑且互為關係代名詞

# 巴陵以上還是巴陵

拋擲一個朝聖的意念
螺旋狀的路程發熱
日頭隱匿時間

海拔拔高，摺疊起風景線
巴陵以上
還是巴陵——

山靈在此撒豆成兵
擺設出綠蒼蒼

流動的饗宴

天風紡織樹林的正午
並為二十二株巨木
一一點名

首程拜謁紅檜故鄉
春的漣漪不斷擴大擴大
如神之年輪……

兩三千載一覺
仙佛般恍惚存在
展覽著這一襲一襲日光羽衣
畫眉藪鳥來此輕叩山門

等候下個檔次
繡口引吭公演

而拉拉山兀自靜坐出神
竟已閉關幾百萬年了
岩石冷冷如是說

# 棲蘭三姊妹

## ——揭開台灣杉的神祕面容

序：宜蘭縣棲蘭山區有三棵比鄰而生的台灣杉「三姊妹」，農委會林試所助理研究員徐嘉君邀請澳洲生態攝影師皮爾斯夫婦來台，拍出令人驚豔的等身照，蔚為盛事。台灣杉是活化石，為全球唯一以台灣當屬名的植物。皮爾斯說，三棵樹分開乃單獨的個體，合在一起，就變成超自然的存在了。

妳們是怎麼選擇結伴隱逸
又被命運收留？
落土這狂野山林
吸取陰陽靈氣

算來都七八百年了
還有誰能挺身作證？

「撞到月亮的樹」
魯凱族人如是說。
巨木托住七十公尺低雲
但仰視遮蔽的天空
月亮也不能更高

與地衣同生
　苔蘚同長
與鐵線蕨同老
　石斛蘭同美

風在四季祕語

露凝結八方的感動
TAIWANIA! TAIWANIA!
多麼帥的屬名
綠蟬灰鷺一遍遍朗讀
讓妳們在地球流傳不止

以紅檜為冠
　扁柏為鄰
以肖楠為星
　香杉為夢

高枝張望著高枝
針葉問候針葉
海拔如霧
升騰再升騰

五木齊飛
參見蒼天

投緣三姊妹妳們合當
標舉了棲蘭森林
而自絕色棲蘭
可以看見台灣
自孤懸台灣
正呼喚世界

啊，妳們是怎麼被遺忘選擇
又選擇記憶為我們
地圖出這條回家的路？
心已安置
再無分歧

當山前山後歌聲凋亡
唯妳們身姿聳立
投影月亮，召喚著福爾摩沙
造山運動下的時間流——
縠紋現在，漩渦過去
以及洶湧澎湃的未來

# 芹壁絕景

天空之瞳
越過龜島
西傾——全神告別
演說，以光的輪輻

石頭城下客旅
目睹大美殞落
揪心於時間煙滅灰飛
奮力游向遠方一片白帆……

身後晚風落單
卻又洶湧成洋的藍眼淚
滴滴答答，封存於
誰的黑目眶？

# 櫻花鉤吻鮭
## ——得名百年，復育萬尾。

腦門頂　懸掛神祕
你泅泳著土地板塊
分裂的記憶

孤版國寶魚
原該溫帶棲息
誤落亞熱帶成高海拔好禮

人們思想你　挽留你

移動燈籠一列
是七家灣溪的驕傲

發光流竄雪霸國家公園
詠你的名字
響叮噹流連口耳

人魚有心
合力把番薯地圖
拓印得更深　更美　更溫柔

# 黃花鶴頂蘭

——為台中世界花博會而作

我很野　我很遜
我沒有嬌蘭姿影
可經得起季節的竹風梅雨

靜立林間　移居溪床
我咀嚼日光月光的吻痕
淌著今生半苦半甜的淚水

紅蜜蜂　我的兄弟
藍蝴蝶　我的姊妹

唯它們知曉
知曉我拒絕媚俗的美

漂鳥啣枝甘為樹臣
與我為鄰　以霜雪築巢
霜雪紛飛啊空白的眠夢

我不是明日黃花
我是黃　黃　黃
黃到骨子裡的一株當下

眾生如你　你如路過五月
無須祝禱我　認養我　敬拜我
但請務必駐足——注視我孤絕
孤絕不二的存在

# 半山腰美學寄舍弟家發

兩三隻蒼鷹
低空盤旋田寮港
這半邊風景即快速成形

眼底青瓦屋脊
波浪一般層疊開展
巷口老井頭，有吊桶在打水

黑貓躡足
去爬尖還沒回來

晚蟬於淺丘合唱，雄渾無敵
峰頂號角
吹醒了一座軍營……
高射砲，或正對空發呆

紅淡山稍息於右面
對座國姓爺廟罩著片紅雲
好似欲透露些什麼

上上下下，是忐忑
不上不下，稱為卡
這半山腰美學樂在其間——

# 基隆四季

**1**

給基隆一片明鏡無語的春天。春天
將給惺忪的八斗子伴手好禮——
然則童年，坐上石灰岩的憂鬱
遇見紅珊瑚的歡喜，頂著
一匹匹白浪黑浪

**2**

給基隆一盤月亮大餐的秋天。秋天

將給風霜的和平島預備節慶——

然則童年，嬉戲千疊敷海岸
船塢伸展龍骨的姿影
交錯成螢火蟲之夢

**3**

給基隆一尊動漫療癒的夏天。夏天
將給咳嗽的西定河把脈處方——

然則童年，手持掃帚學花巫婆飛
飛出強颱暴雨半徑
降落彩虹盡頭

**4**

給基隆一襲玄色披風的冬天。冬天
將給曲折的南榮路送來客旅——

然則童年，在驪歌與驪歌間隙長大
來！消融嗩吶飆催的淚水
輕悄掩去昨日之墓

**5**

給基隆一碼頭
又一碼頭季節風。季節風
正給謙虛矜持的港口下訂單

遊輪航道清空
雲煙輕貨櫃遠行

然則，童年之眼被鷗鳥快速拉高——

快樂　俯瞰著

這樣飽滿完整的四季

輯——二

# 靈光再現

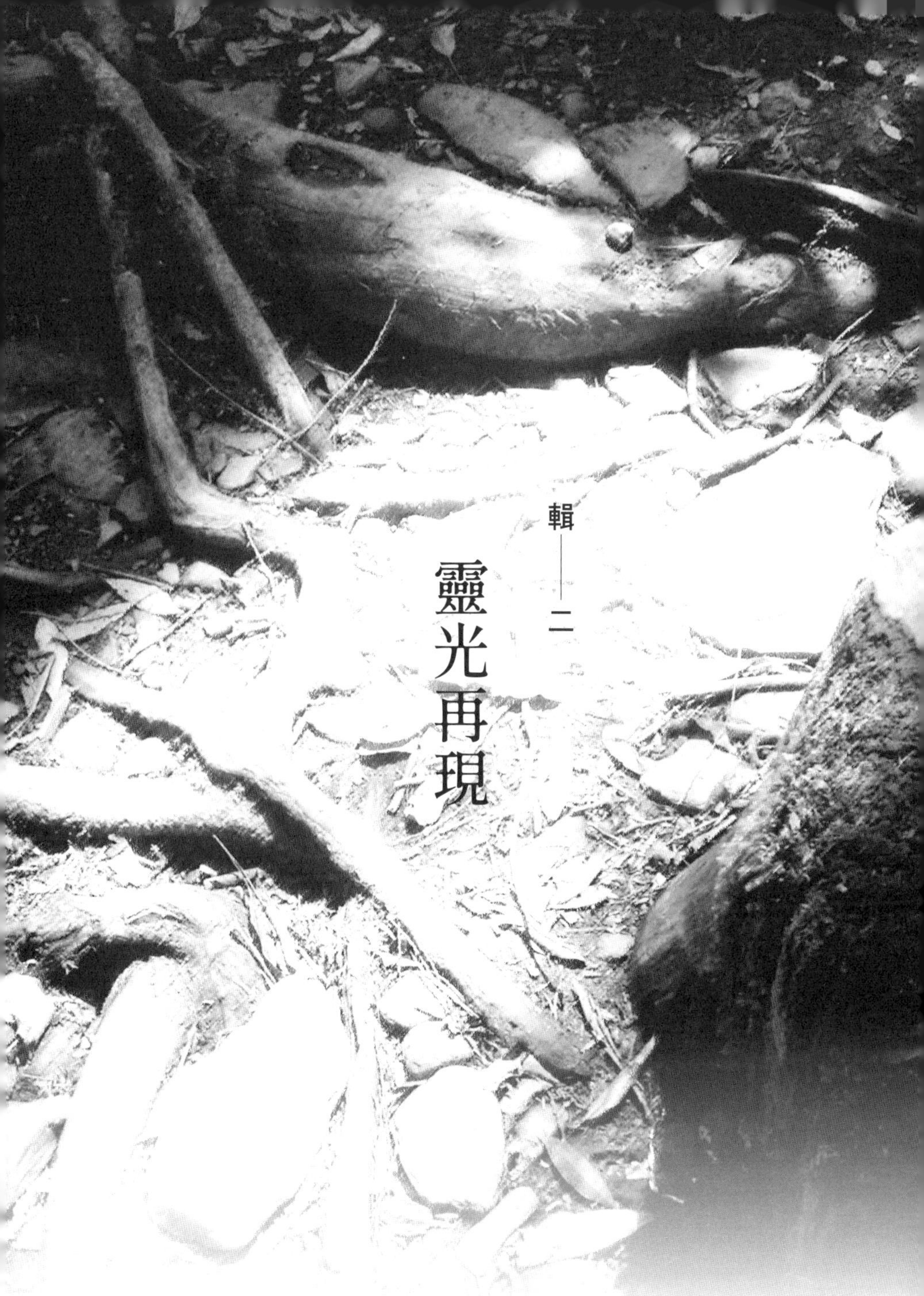

戎兒◎攝影

# 天下

——給曹操〈短歌行〉按讚

誰在長江新下水的戰船裡
斟一大碗杜康
和夕陽對飲

當楚地悲風沉落下來
軍旗收偃　太鼓噤默
殘念不肯放棄的
天下　就
懸於那一滴

從黃昏喝到黑夜的
一滴
兩滴
三滴⋯

老酒——夕露為酒
拷貝滿溢的月色
淒涼映照蜉蝣般
朝死暮生的兵卒
渡河　越嶺
伐蜀　攻吳
無非為了關閉亂世
導演新一輪日出

無非為了
這盤廝殺慘烈
眾神無語的棋局難解
你　力斬黃巾賊以來
拒董卓　克袁紹
已訇訇然驗證
和歷史對弈
必然出以干戈矛盾
怎能捻鬚　拱手　棄子
靜候人間蒸發

天下倒懸於
一滴　百滴……
千萬滴苦酒——你用
朝露釀造的新詩

高懸星空告示板
至哀至美的剎那
愁思難眠的江風吹拂
露珠裸露本體
八面玲瓏
轆轆轉動著蒼生命盤

朗月傾　大道殞
改朝換代
不過手掌翻覆的工夫
然而橫槊揮舞起來
亦是一行一行的行草
趁夜色如墨暈染江山
你插旗更多郡縣
和瑜亮對決

一統抑三分
在此最終戰
慷慨和自己對唱
你　酩酊於新樂府
竟忘了恐怖份子的火攻連環計

天下懸於一滴甘露
一滴宇宙縮影
善惡同軸
忠奸莫辯

而今你在天上看天下——
時間狂潮，淹沒的
豈止是爾曹

# 我的洛神賦

我遠遠望見你在洛水之濱
倦極客旅，漫步陽林
扶車，倚枕，假寐
眼底起霧望見
甄宓錦衣羅裙
飄然而至遠遠望見

我遠遠望見的
她——凌波微步
是你筆下美的集合

嬝嬝婷婷恍恍惚惚
仙姿獨攬天下一石之八斗

大局混沌彷彿
預知黃昏星將沉
她，比曹氏昆仲先走一著
在以洛陽為天元的棋盤裡
眼看宮廷黑白機關算盡
她也沒說什麼

我遠遠望見你在洛水之濱
暫歇陽林（你在陽林
她在陰）就著
玉縷金帶枕（她的遺物
你的寶）眼底起霧望見
她飄然而至，望見

魏朝新立，百廢待舉
望見國祚氣數
如此這般

我遠遠望見的
她——神光離合
是你案前夢的圖騰
蕭蕭索索渺渺茫茫
玉質卻非你七步所能成詩

宮廷的梗
國祚的兆頭
她沒說，也無意說
只是遠遠望見你在洛水之濱望見我
望見我在洛水之濱望見你在望見她

# 紅樓五注

## 注1：石頭記

補天遺恨
青埂峰那塊頑石
幾世幾劫後　活生生
認了這筆風流帳

一顆通靈頑石點頭——
迴向大美呢
還是大悲

**注 2：大觀園**

石獅顯赫　魚龍洶湧
榮府甲山甲水　究竟
被劉姥姥鬧出一截歡樂光景

誰還管得白雪噗噗落成氣候
夜梟如何掩面痛哭
寧府好戲如何
拖棚下檔

**注 3：賈寶玉**

玉　釵　原都是寶
寶　黛　妙　則交心於玉

穿堂迴風

只識得雕樑畫柱
桃花社　海棠社
只識得——清詩讚春秋

浮沉天香國度　乃至
隱僧入道　沒頂情海

**注4：紅樓夢**

紅　之為絕色
自然有半衰期
樓　當作夢的寓所
亦已七寶拆碎　隻瓦無存

**注5：曹雪芹**

江寧煙雨洗出的

朝陽　為時光之霾所害
照到北京西郊時
染黃了悼紅軒

說書人注曰——
落日繞過一大圈
甘做那爿曹墟的最佳布景
持續熱映中

# 六一居士

**1**

一樹
離騷
端午
疾風
狂掃
廢葉

菖蒲
艾草

引渡
三閭
潮濕
魂靈

**2**

一酒
映日
南山
桃源
自在
罈中

形盡
影枯

神啟
淵明
微型
宇宙

3

一茶
傾注
大江
流出
盛唐
邊界

鐘聲
愈盪

愈圓
摩詰
愈活
愈佛

**4**

一劍
蒼茫
挑動
江湖
千載
雲煙

飛瀑
輕舟

閃電
同框
太白
詩眼

**5**

一琴
邀月
彈心
寒食
煮字
煎句

廟堂
設獄

變天
東坡
含禪
遠行

**6**

一舟
山水
載愁
瘦紅
暗香
消魂

金石
書畫

俱焚

漱玉

捲簾

守黑

# 三聲部夜曲

——懷念詩人余光中／洛夫／楊牧

他與永恆拔河
終至聲嘶力竭
你背向大海
巨幅身影模糊了
而第三位奔赴夕陽的騷客
亦在水之湄淡出這場禁忌的遊戲

我望著天空出神
曾經那些閃電詩句灌頂驚心

他練就魔歌般的意象
在煙之外之外
你布置好鏗鏘北斗行
延陵掛劍讓風朗誦
而第一朵蓮的聯想的高士
已在江湖上歌詠過白玉苦瓜

我望著天空出神
曾經那些美學看板豎立起時代

他孜孜於尋思求索
有人問公理與正義的問題
你想念春天從高雄出發
在跣足踏浪西子灣之後

而第二度漂木異鄉的雪樓主人
煮酒臨池都因為因為風的緣故

我望著天空出神
台灣詩壇何時啊傾倒半壁江山

他繼續與永恆拔河
挺著一枝看不見的筆
你悲傷背向大海
把身影拉得更黑更長
而第三位奔赴夕陽的騷客
則不禁頻頻回首回首這場禁忌的遊戲

# 台北人被白先勇

台北人被白先勇一書成識
倉皇渡海的百萬荒兵亂馬
走過輝煌留下蒼涼身影
李將軍　雷委員　余教授
一一送上時光斷頭台
頭銜權力應聲粉碎

台北人被白先勇佛心救贖
活在昔日的上京名門歡場
喘息稍定之後挑精擇肥

尹雪艷　金大班　藍田玉
一一送進黃金蠟像館
珍珠翡翠宛然無傷

台北人被白先勇捷足先寫
貴族輓歌唱罷，紅樓浮光耀金
重謄城市身世待新小說
大稻埕　芝山岩　六張犁
豈能任傳奇一一流失
才人合該橫空出世

# 午後如浮

## ——截句自一靈詩的四段變奏

午後平靜如浮雲
如浪跡山谷的一隻
孤雲，不明所以地
隱隱共鳴著青空

午後忘情如浮萍
如漣漪——綠湖略無風霜的
一方萍水停泊於
自己絕美的相逢

午後倥傯如浮生
如載浮載沉的藍海蒼生
每日考古運命答案
深藏在哪塊漫漶哪句偈

午後如浮——浮一大白
黑啤，酒意闌珊
心旌搖蕩著不快樂
呵，午後掩至如幽浮

魔駭莫名——
驚醒了無數個隱性傷感的我……

# 莫札特讚

搭乘古典時光機
聽見薩爾茲堡滴落嘆息
特寫放大灰鴿散步的廣場
音樂鐘譁然響起
放閃許多莫札特——
莫札特在黑暗不在的地方

小溪流淌的紅花白鵝
咀嚼著神童幼年時光
馬車瘋傳的進行曲

早早把他運去維也納
奧匈皇帝親臨點召
義式歌劇詠嘆調
土耳其風，則輪旋著
東方的異國情調

莫札特在一支小提琴裡
人氣鼎沸：滑音、撥弦、跳弓
王公放聲驚呼
仕女恣意浪笑——
聽見莫札特，從豎笛、巴松管
圓滑到伸縮號
下行復上行
倥傯顛沛的旅程

聖火般節奏，天啟式主題
黑森林傾其所有
對位了幾排鳥語
莫札特在一只休止符裡——
樂隊心中有譜
悽悽愴愴愈見發功
花園噴泉都在隱喻歌劇結局
都在示現有常無常

微賤的肉身
向上帝借來的容器
崇華幽邃，已列極品
再無高靈可託夢——
莫札特在一個浮水印裡
十八世紀美學

若隱若現未曾
和永恆失聯

c小調蒼茫
遙承天地；d小調
則湧動著澎湃命運
魔笛般音群，快速退流行
他手邊剩半台古鋼琴
背對輝煌啊歷史在咳血
天才的定義
光榮退休——

莫札特在時間不在的地方
狂歌、沉吟，遙祝、低迴
面謁青空紫雲

淚崩如玄雨
徐徐落幕的安魂曲
當為黑衣人而作
為自己而奏
而他，在暮靄一句晚鐘裡

郊外平民公墓草草
悲哀和歡樂反覆拔河
單薄背影一襲
讓多瑙河接住
透過閃電之眼
看見莫札特側面——
這憂愁雕塑的不朽側面
藏在難以形容的神聖一瞥裡

聽見薩爾茲堡之魂。地球
張開耳朵，聽見阿瑪迪斯
一如聽見露珠，微笑，幸福
莫札特恆在——
在這裡，在那裡；在彼時，在現在
莫札特在——音樂在不在的全世界

# 晚餐時彈蕭邦

晚餐時彈蕭邦第八號夜曲
霞海那邊遼闊的草原淨空
虛席以待綠光一束
金星，不忍就此升幕
寒鴉滑翔
馱負暮色
向晚鐘朝聖——

耳語喧嘩
搖動樹林的靜

缺月以行板
為離別注疏
墨藍空氣催眠
傾倒　迷亂　祈禱
異國沙灘，漲潮猜忌退潮……

晚餐時彈蕭邦第八號夜曲
沙龍鋼琴家魂兮歸來——
燕尾服　愛押漂亮韻腳
葡萄酒　昇華了一個和絃
百年勝事封存完好如初
不忍就此停杯投箸
不忍就此掩上琴譜

# 晚餐後彈蕭邦

晚餐後彈蕭邦送葬進行曲
那台懷舊鋼琴差不多
要咳出幾公升的淚
才能滿足觀眾的品味——
高而華之，大而化之
白鍵黑鍵心蕩神馳
更深　更厚　更暗
音階愈來愈陌生
木屑，羽毛，塵土一片片
落向浪漫派的萬花筒

不意引出內在深淵
小調的憂鬱

琴蓋高舉，目空一切
手指重敲，目空一切
儀式，目空一切
死亡，目空一切

晚餐後彈蕭邦送葬進行曲
人間至幽至長的一道驚嘆號
讓往事曝光再曝光
送行隊伍解散
按下去　遠端
離譜的溫柔
驚為天人永隔

落葉紛紛殉身湖面
不知何時這台鋼琴竟然
咳出整個病肺來——

新月舉牌
抗議一支寫得極好
卻完全彈亂了的奏鳴曲

美，亦目空一切

# 布拉姆斯之光

（夜晚我們反覆
播放33轉黑膠
被布拉姆斯的濃重體味包圍——）

推敲二十載你方才
踵繼巨人腳步站上
阿爾卑斯山，讓交響曲上路
高瞻遠矚間你加劇古典意識
浪漫派掌旗一個世紀

在四面八方的未來強風中
巨大蠟燭群，逐次殞滅
你那深鬱的眼神好像說
賦格，能頂住全部黑暗

（播放45轉黑膠
我們以浮花浪蕊交換
布拉姆斯的滄海桑田——）

漢堡來的北德佬
頭像掛在音樂之都維也納
你的鬍子，蓄得太密太亂
潛伏著雷電與雲雨

直至煤油燈芯落盡

枯淡小品陸續問世
你終把狂飆人生，提煉為
簡約的音符，幽謐的省思
掉在鋼琴上一長串灰珍珠

（我們播放78轉黑膠
自良宵中聽見晨曦
啊，轉動太快，錯過了的布拉姆斯——）

洗去英雄色彩
名器不求自來
你在嚴肅之歌中叩問蒼天
已臻渾然忘物，人樂合一

極樂招牌戲：四支法國號

一逕吹到底——古銅閃亮
烈芒不再，只有餘溫
你朦朧啟示了一回合神蹟
那是絕對的布拉姆斯之光

（夜晚我們反覆
反覆播放黑膠33轉
轉動孤獨，讓布拉姆斯學派包圍——）

注：
1.黑膠唱盤有三種轉速，每分鐘33轉、45轉、78轉。
2.巨人腳步，當然來自貝多芬。
3.絕對的布拉姆斯，除了字面意義，還指涉在十九世紀標題音樂浪潮中，布拉姆斯堅守絕對音樂陣營。

# 印象德布西

雨中庭園
象徵一顆露珠
在西風中睡睡醒醒——

鋼琴音粒的完美假面
滑落綠池，貼近倒影
假借蓮花魂魄
反映。反映。反映。
漣漪擴大漣漪——
神樣的雨正在建築

精微宇宙，鴻濛大千
鋼琴音粒的完美假面

朱槿的露珠。樓閣的露珠。
黃昏的露珠。形而上的露珠——
露珠：一幢幽靈雨中庭園

# 蓋希文狂想曲

讓藍調出發
去南方無主棉花田
挑逗銀灰小精靈
活蹦亂跳。而哭泣的嬰兒

還在搖籃裡嗅聞貧窮，魅惑
上行的豎笛不知打何處
竄出來，意味著指針
炊煙、貓頭鷹以及

火車上的鄉愁——讓藍調
超現實奔馳：自紐約
布魯克林出發，穿過街角
用反光鏡去偵測流浪漢
變身魔神仔時刻

鼓點如雨如雨。急雨
漏下雲層，燈火方歇
腐敗的慾望停駐城市側面
烏月微暈，照不到
陋巷、謊言、謀殺

這是夏日主題變奏。今晚
就讓倍低音管定調，吹起
最最快樂悲傷的——讓深藍

深藍出發去領航黑暗
讓五線譜全員散開
去構築一闋自由爵士樂
鋼琴即興轟鳴，薩克斯風使勁咆哮
去掀古典世界的蓋——
「我是喬治．蓋希文……」

# 春之祭

## 1 土地的崇拜

行行好哦，老天爺！
一拜山溝殘雪
二拜林中野獸
三拜魑魅鬼怪
再也拜不下去這折煞人的斷魂舞

## 2 少女的犧牲

冤枉啊，巫師，頭目！
夏有中元鬼節

秋有國殤大典
冬有萬聖面具
最不合祭祀的就屬春天了

**3 史特拉汶斯基**

低頭認罪吧，變色龍！
音樂愛玩野獸派
髮夾彎又變新古典
點神成魔去調性
還有誰比你這廝更心狠手辣的？

# 魔術鋼琴師

約翰．凱吉訂製了一個籠子
把鋼琴家關在裡面
除了打開琴蓋，闔上琴蓋
什麼事也不能做

經過那永恆的三樂章4分33秒
一切詮釋歸零——
時間凝結為空間
什麼事都沒發生

凱吉魔術隨機發功——
籠子消失無形
聽眾剎那共鳴
人人都在彈奏自己

注：約翰．凱吉（John Cage），美國現代作曲家。cage 亦為籠子。

# 機器人神話

## ——安迪・沃荷說：我要把自己變成一部機器

機器人時代來了
安迪藏身其中，穿金戴銀

複製技術無限上綱
康寶濃湯，魔術到可口可樂
瑪麗蓮夢露，變髮到毛主席
拼完美元，然後往臉上貼金

古典藝術如之何

梵谷如之何，高更如之何
莫札特如之何，舒伯特如之何
讓安迪來指點迷津，漲高水和船

機器人時代來了
安迪變臉再變臉，大顯身手炒票房

信仰白、富、帥——免於思想免於
情感，免於虛擲心力的自由
幫大戶買家量身訂做
新出爐的玩藝

普普藝術何價
雙面貓王何價，銀色車禍何價
月亮博物館何價，最後的晚餐何價

讓安迪創造普羅大眾的不敗神話

機器人時代來了
安迪的的確確是先知
每具機器人都閃閃發光
都有安迪的金色靈魂附體

輯——三

# 鏡面折射中

戎兒◎攝影

# 噴泉

語詞在燈亮處喑啞了
你要說，要說什麼呢
滿池銀色歡笑
朗誦給異鄉人聽

影子在寂滅時完整了
你思想起，思想起誰啊
自由落體，擊碎
那尊側面及倒影

水柱在黑暗邊高舉信仰
我是我，我不屬於夜遊神
唯欲打造廢墟之城
就等星空起立鼓掌

# 誰在春天神隱

誰在春天躡手躡腳
踅進後花園
在那粉櫻的臉頰
掀起蜻蜓、蜜蜂與蝴蝶的
三角風暴；踩著野貓的足履
唯恐弄亂了自然調色盤？

誰在春天變裝出巡
以反封建之姿
睥睨舊朝廷的儀仗

式微的門閥以及語焉不詳的冬烘
鐘樓雨燕串連階下白鴿
鳴唱民主聖火大典？

誰在春天選擇神隱
方才告別黑暗與光明
力抗心外混沌世界？
是誰，寓居世人遺忘的邊城
安靜鋪陳小小的生命
獨自和上蒼打交道？

# 某個失聯的夏日

熱浪席捲世界的七月
夏天在眼眶裡隱隱刺痛

異地友人來電
不滿時間的無盡雕刻

我馳車飛赴日光海岸
加入風帆揭開的盛宴

半月形沙灘已揚升

萬物之旗號：

笑　墨鏡　棕髮　可樂罐
陽傘　啤酒　交媾　比基尼
嘩啦啦　藍　汗　乳房　恥骨
口哨　慾望　浮標　深不可測

太陽一直照到誰的——
誰的屁股上頭照到——
屁股停棲烏鴉太陽——
太陽方才無奈落海……

漂流木　潛水　念經　浪花
亡靈　救生索　樂極生悲
睡美人　孤寂　擱淺

躍金　永劫回歸　淚

啊，望見夏日燦爛
以及潰爛中的全體

我拿起記憶的網
企圖去打撈——

童年　遠方

神祇　迷魅

空無　俯瞰著我

滿月之海　也澎湃著我

# 讀秋天

天往涼裡去
鐘面一片模糊
通向楊柳園的
每片水晶玻璃
都映現遙遠
世界陌生微暗
我，點燃半盞焰火
好讓秋天
能在誰家屋頂
惺忪露個臉

白日枝椏
撐起的青空
全無飛翔信息
下面疆域
苦，集，滅，道
不斷被召喚排演——
殘敗的草葉
新穎的露珠
躊躇的山崗
決絕的溪谷
這一闋秋天
要請大雁來導聆
繁花歌吟到盡頭

虹彩逐色隱逝
雲散，雨收
西風能說的
都說了
人形浮水印
一直淡，淡，淡下去……
我默默告訴影子
後現代秋天
真是個清心寡慾的極簡派

# 讀冬天

不論雪之深淺有無
冬日都沉浸在白之思維

霪雨列陣翩臨
濕意滲透到線裝書扉頁
我們的手勢更沉重了
若果翻閱——

啊記不起來那是聊齋或者紅樓
也不想看冰原極光

就咚咚咚咚咚咚
七張口叫冬不叫春

黑風拂袖而至
勁力扎刺於心頭的清醒
我們的耳目更空疏了
若果觀聞——

不論白之聲色虛實
冬日都迷戀於雪之涅槃

# 與樹交談

木無言
林倒下去了
森這個字業已失蹤

# 夏日之熵

太陽一絲不掛
孤鳥飛出藍天邊際
神木滴著斗大汗珠
蜂群剛剛採完果蜜

靜，是所有聲音匯流處
這世界——空得恰到好處
寺院頭殼們填充七彩羽毛
全心讚美造物主

崖岸落海為……墟
花葉飄零成……蕪
土部首，草蓋頭
都指向無所安住的遠方

火在燒。炎…焱…熱親戚排排站
這時候是誰發功，讓熵
逃離國語字典
燃盡夏日

注：熵，是物質系統不能用於作功的能量之度量。熱力學術語。在氣體自由膨脹及燃料燃燒的不可逆過程中，熵會增加；在非科技使用上，熵多被認為是一個混亂和漫無目的系統的測量方式。很多字典未納此字。

# 抵抗黑夜以花

在最是島嶼偏遠天光
幾團斷木碎石，橫陳荒地
一堆鋼筋鏽蝕
傾塌，亂哄哄地
便排演起下午
唯物的建築美學

惡風拂過崗哨
野火規模太小，燒不成
廢墟。耳聞舟車轆轆

時間齒輪輕輕鋸過去
傷痕微細而隱約
如無名祭典

地心悄悄鳴響
在荒蕪上頭，棲止著
鐵羽而歸的落翅仔
正兀自抵抗
空中顫慄的天際線
依循日落方向消隱

山背、樹影共構暮色
鄉野沉淪於黑暗之眼
嗡嗡營營三兩隻工蜂
怎麼，就在神祇缺席時刻

牆角一叢野薑花的崢嶸中
找到生存大欲呢

# 以霧封緘

島嶼北北又東
隱去風向球
捺熄信號燈
乃有大氣精靈
發動灰色攻擊令
一下子就全方位滲透——
密鎖了船舷　甲板　旌旗
還有白波滾滾的S形航道

二氧化硫　氮氧化物　懸浮微粒

口罩　面具　防塵衣
東岸碼頭掛著
海的耳語
西岸碼頭掛著
海的耳語

這晴日亦得見天底的城
好端端布置起迷魂大陣……
櫛比鱗次的樓台記憶
以霧封緘——
似隱還顯的運河迴光
以霧封緘——
半山俯視眾生的觀音大士
以霧封緘——

二氧化硫　氮氧化物　懸浮微粒
口罩　面具　防塵衣
西岸碼頭掛著
海的耳語
東岸碼頭掛著
海的耳語

猶有郵輪桅杆
合十祈禱：
大哉霾陣
異化了的美景——
晚風頻頻向天空叩問
黃昏降臨的港市
正被誰家燈火
朦朧滅頂

# 新冠風暴直播中

以冠為新，因冠致病
一聲咳嗽炸開全世界
蝙蝠，結隊出巢
烏羽遮蔽了天空
斂翅的是人造鳥——

隱形殺手：病毒
打敗所有勝利方程式
防不勝防的寄宿戰爭
閉嘴，禁足，封城

但求隔絕於地球——

棲息地意外重新洗牌
靈貓、雲豹、獨角獸……
幻想的友誼都回來了
山林海灘回歸
野生動物之家——

風暴席捲
嗚呼世紀之屠
百萬粒頭顱被春天溫柔
夏天暴烈秋天冷漠——之刀鋒
收割為永遠……

# 讓鐘聲響遍

## ——致未來的主人翁

1

我抵達兒童節時
雲彩在天空微笑
幾朵酒窩鑲嵌你們嘴角
花園鞦韆徐徐盪出：早安
太陽！純粹歡欣的素顏啊
第一抹晨光，領先所有光
勇敢驅散最黑的昨夜
載負未竟之夢——

鳳蝶　蜻蜓　藍鵲
協力布置自然教室
你們列隊，排成象形字母
魚貫步入綠葉裝訂的書冊
田野以卷軸開展
生命最初的筆記
當陀螺狀的鐘聲響起

**2**

我抵達少年節時
眼見你們日日自操場講台
升起如旌旗——驚奇
仰望風中象徵世界
樂隊木管銅號齊發
吹奏著一寸一寸的心理光陰

新鮮感官正映照人我
朦朧樹蔭漸次縮小
萬物就位，你們好奇
顯微至草履蟲，望遠及寧靜海
去探勘　去種植
知識草坪
鋪張豐美
你們款款行過生命渡口
當波浪狀的鐘聲響起

**3**

我抵達青年節時
邏輯小宇宙已然成形
古代哲學登臨論壇
回到未來還需時間機器

穿越　爆炸　穿越
混沌本為一切起源
文明地平線伸展無限
你們昂首獨立蒼茫
胸懷詩書禮樂
手握自由正義
當羅盤狀的鐘聲噹噹響起
敲醒你們深處的每尊自我
身心靈三位一體，揚帆
航向全世界——
當鐘聲

噹噹噹噹　響起

# 鏡子的困惑

每天站在鏡子前面
看見的陌生
總不是自己

山眉湖眼，配上火成岩
額頭——形銷骨立
恆以白楊木的姿態

森森萬象包羅於鏡底
景深一直拉到童年旋轉木馬……

海海人生，要怎麼過
無視雲雨花月
快速更換青春布景
小舟就愛槳住不動的一點

每天站在鏡子外面
思考鏡子消失了
怎麼定格自己

踮起腳尖，呼叫明日
提前來唱歌。海海人生
要怎麼才能過盡千帆

鏡中鏡——如未竟之路

潛藏了一座祕密後花園
預約在某個轉角處驚艷

不斷流失的山風
湖水；不斷褶皺壓扁的
形貌骨血；不斷——

每天站在鏡子裡面
看見非岩石非白楊的我
一直在和時間比賽變臉

海海人生要怎麼過啊
要怎麼過盡千帆
皆如是——

# 面善之水

泡在類青春的佳釀裡
不必乾杯更無須拚酒
我們只消說飲啦
記憶就一檔檔放映眼前——
球場奔馳著台灣好啤
夜色昇華了金門高粱
同登蘇格蘭高地威士忌
點點滴滴
面善之水

雨港小子浸泡
雨絲蒸餾的八堵
那冬季什物足夠微醺大家
含羞草悄悄出土，繞行風雨操場
越過杜鵑叢、六角亭，直上
精神堡壘：「業精於勤荒於嬉」
大王椰子頷首稱是
正當人生的早晨
滾落的每座山谷都蓊鬱琳瑯

而風聲一陣遠似一陣
童山濯濯、面善如故的
你，已經變成九官鳥
和我咕噥咕噥個不停……
哎呀人生海海我怎麼知了

不就是這杯中大千嗎？
南座詩人天外拋來一偈
「酒友乃最高境界」
啊，泡在滄溟的瓊漿裡——

非名非位，無求無染
不必乾杯更無須拚酒
生命原就是罈佳釀
我們不消說飲啦
眼前就一幕幕拉出面善之景——
載運時間煤炭的蒸汽火車
連過兩座烏煙隧道
八堵，八堵站到了
你在第幾節車廂？

注：記吾友鍾隆毓、江銘貴、呂勝光、龔尚智、張世榮、王文宗、侯鎮華、連錫安、闕寶麟、何鄭陵及施夢紅等人酒會。

# 所以今夜這樣美麗

——贈昌吉鴻俊

蟬蛙　喚醒河岸
一整排細瘦光柱
自高樓黑暗的眼瞳

香草之風方才吹拂
天河接引的每道名釀
嫻嫻然，蔚蔚然
薰暖了每個座席——

於是乎一乾一名倩女
乃詠誼，乃培芬，乃夢月
點點滴滴都花　都霧　都水了
冬暖無季，解酒為茫——

小人兒，在杯盞中舞踊不止
正正詮釋偶然卻又必然
必然的今夜這樣美麗

# 七上八下

你把海潑上臉書
我卸下感情貨櫃於港口

群魔亂舞你的
上頭；我髮下
鴉雀集體噤聲——

你獻上慢板日落，碾下
灰雲成為鵝卵石碎片
投影我們內心

衝上塔樓點燈你是霧夜
拿下叛變的一支孤軍你

貼上甲板布告欄讓我奪下
戰艦破敗桅杆——你倒立
爬上天梯而我滅下

愛與哀的重量：
你供上三牲；我解下
六合，截下臉書——

七。上。八。下。
譜出眾星失眠的小宇宙

# 印度奇蹟

遙遠召喚著
飛閱波浪地圖
旅行於古昔榮光
文明是一切終點——
在印度，太陽也老了

前來朝謁至高無上的寺院
貧民窟的窳陋幻影
一直懸在腦海某處
呵，純粹矛盾的象徵

在印度，每個日常都是奇蹟

奇蹟在日常中老去——
老去的還有
甘地，德里，寶萊塢
泰戈爾，吠陀詩，喜馬拉雅
唯獨種姓花園常青

老去的還有佛經，梵天
還有殖民地意識
在印度，太陽把人民曬得黑亮
吃喝拉撒全交託恆河
一如三千年前

時光駐蹕

太陽卻老了
市廛噪音穿透清真圓頂
牛馬車塵滾落行乞者的破缽
每一頁荒蕪，反面就有恩典

在最虔誠的濕婆敬拜裡
鮮花人手一束
祈禱絕非僧侶專利
把哭泣還給雨，嘆息還給風
好好活著，就是顯學就是王道

希望掛在菩提樹頂
輪迴或許隱喻一場大夢
沙灘沉思著
鐘聲微笑著
在印度，太陽老而不老啊

# 地球進行曲

幾幾乎是同時
有人出門便回不了家
有人躺臥影子咀嚼漫長的一生

正義紀念碑
由青苔鏤刻；和平鴿
飛入海市蜃樓

在異鄉，所有流亡者
輾轉於酒館，聽聞

港口偷渡過很多傳奇
啊，遠端深處的黑暗之心
依然遙控著
地球悲喜劇——

光，以N次方開展裙幅
並以波浪花邊
撫觸苦難

抵達夏至——白日版圖
豐盛或荒蕪，善與惡
二合一

然則

人—們—正—以—慢—板
墜—落—地—平—線—上

然則晚霞——
晚霞鄭重播映
神祇眼中的不完美世界

# 火山口的音樂

我們踏著堰塞湖上倒影
攀抵地球火山歌劇院
頂層包廂

溫習那岩漿詠嘆調
曾經如何穿越
輝煌的耳目廳堂

橢圓形大坑曾經
如何引爆地心

一句句發自肺腑的台詞
旌旗烈烈
風光揭開
深紅季節的透明布幕——
黑土褐石，是唯一本質
地下掩埋的古蹟
尚待考據為城鎮日常
冷卻後的白堊紀
甦醒中的
溫泉鄉
我們前來輕聲探詢

河流的身世
山巒的運命——

曾經啟迪文明曙色
管風琴奏鳴聖詠，而今天空
只留隱隱殘響……

有如一群恐龍
震盪大地之後
沉睡於眾弦俱啞的休止符

我們反覆挖掘
過門的間奏曲
膜拜神祕自然之子

彷彿造物曾經專程蒞臨
遺下堆垛音樂密碼
不落言詮

我們繞行火山口
憑弔這演奏到一半——突然中斷的
行星交響樂團

輯四

# 天問的形式

戎兒◎攝影

# 夜總落在該落時

夜性急地落下來了／你不要唱哀悼的歌——方思

1

不斷遠去地平線
黃昏變得蕭索起來
飛鳥結隊消失於天空
落日，因為執筆油畫
而出神……

夜性急地落下來了
挑燈寫詩，能抵抗嗎

飲酒做愛，能抵抗嗎

拒絕哀悼
夜，總是落在該落處——
多一尺即數學問題
少一分則又玄學
無關乎東西南北

夜性急地，落下來了
打太極兼蹲馬步，有用嗎
練鐵頭功加六塊肌，有用嗎

啊！拒絕哀悼
夜，總是總是
落在該落處

落在數學與玄學之間

**2**

不斷上升海平面
暮色裡潮汐辯證
宇宙鳴響管風琴大音
霞光壓過霞光
直到歸零

夜性急地落下來了
伊媚兒到雲端，能抵抗嗎
滑哀鳳當戀物癖，能抵抗嗎

拒絕哀悼

夜，總是落在該落時——

早一些，可乘願作先知
晚一點，則剃度為苦行僧
隱含著夢幻泡影

夜，性，急，地，落，下，來，了
聽喜鵲叫，看曇花開，有用嗎
等一個不該等的，傾城之戀，有用嗎

啊！拒絕哀悼
夜，總是總是
落在該落時
落在先知與苦行僧之間

# 在不在

## ——兼答陶潛〈形影神〉

**1**

在紫雨外圍
觀測虹彩直徑
在晴朗前緣
埋伏霧霾警報
在烏雲中心
設計閃電宣言

在蘋果樹梢
預聞上帝旨意

**2**

天地不在的地方
虛空最有型
永恆不在的時候
片刻最驚心
大不在的地方
小最霸氣
佛不在的時候

人
最
鳥

**3**

在是形體
不在是影子
以在放逐不在
或者以不在攀登在
我在不在
在不在是神釋

我在
我在
故我詩

# 天國之驛

五月搭乘恍惚的彩虹列車抵達
母親步下月台　好久沒返家了
她髮梢別著萱草
日頭花花　人靚靚
我在她的影子裡逆流而上

飛越微寒山丘而來的烏鴉
跳響枕木呱呱叫
目瞅新到的客家
異鄉人。歡迎歡迎

陌生的風把它傳譯為客人
五月走著　臥著　夢著　思想著
五月住進一座桐花林——
母親離開的五月
桐花白　白　白　白　白
白到天人幽明的介面

五月在斑爛混亂的季節裡走失
怠慢的春光靠站
滿座青衫紅顏
時間封存的秘密
等一支高崗長號吹放

母親步下天國之驛

沿著桐花雪　她演繹著歸鄉路
追溯客語口音　她旋轉生命年輪
我　迷途於童年歌謠
我在五月的眼眶裡順流而下

# 清明三段體

嘩啦啦，淅瀝瀝
哼哼嘰嘰哩哩滴滴
答答踢踢躂躂喵喵
嗚嗚咽咽——柳樹上
掛單的灰蟬
正為白日打烊讀秒
一坨烏鴉頂著暮雨
牽引了四面八方的
魑魅魍魎
之乎者也

夢，越界快遞
去隱匿的星光最前線
然而十萬火急
是黑夜的恐怖攻擊——
寺院天際線開始傾斜
雲簷徒自懸吊雪幡
顯靈於萬事萬物的
神諭已經頒下
這時節黃花紛紛，亂
不是滂沱陣雨掩飾得了

嘩啦啦，淅瀝瀝
哼哼嘰嘰哩哩滴滴
答答踢踢躂躂喵喵

嗚嗚咽咽——池塘青蛙
正為晚禱逐句粧點
一坨烏鴉淋著暮雨：
猛然乎
抖醒了四面八方之
山精水魂者
上帝休長假去也

# 鬼節四論

## 1 現象



## 2 定義

玄到底，才叫鬼
光——臨田寮港
刪除了疑雲魅影
淨夜比白晝離天更近

**3 儀式**

開龕門，迎斗燈
畫一條象徵的歸路
彼岸，就在紛紛這邊！
眾多落魄的還不了魂的
冒失鬼啊

## 4 超驗

水燈，放飄到最遠
燭火凋零，情緣寂滅

借上蒼之眼
八斗子望海
鬼沒——神出

# 五行之悟

沐浴著黃金時光
落木一秋一秋運走
雲天活水奔瀉而下洗滌靈河
內面聖火燒盡七情六慾
方才臨抵一方淨土

# 噪音練習

空
靜默
日晷儀
螞蟻上樹
微風拂樹葉
圖書館內咳嗽
叫賣酒矸倘賣無
廣角瀑布大玩多匹
鬧鐘用盡吃奶力氣吼
電鑽切入神經脆弱區域

巨無霸客機發動希望引擎
火箭升空滿載夢想射離地球
閃電急報到擊出全新象限
迎神廟會嗩吶鼓鈸齊鳴
救護車趕最後半里路
世界杯足球賽失控
超市購物排長龍
採茶女唱山歌
天主堂告解
戀人絮語
海平面
呼吸
無

# 世界的冠冕

人：曙光之子

遠端地平線上
直立獸手牽手跳著逆光之舞
不旋踵被盛開的魔夜所噬
哭與笑的傀儡面具
分別對應宿命星座——
煙霧中　誕生了現在

古代款款行來
演員變裝多重角色

反覆串戲於深邃歷史舞台
動作　表情　台詞
喚醒自集體潛意識
並回溯母體子宮——

舞踊著黎明
那曙光以及曙光的子女
沉思著——心意朦朧盤桓
一室乍明　乃至
萬燈齊亮　乃至
原野大荒揭示著無量風景

複製色彩以色彩
分裂音聲以音聲
人之初　恍惚能通曉神諭

隨即速速墜為荒碑一枚
漂流向四面八方
向深淵——

多少世紀遺址
重播眾生的智計愚行
而物種演化持續
對抗永劫回歸
從爬行　到飛行
從小我大我　到無我

機器改寫了人的定義
啊，金屬超越肉身——
祂諦聽　時間停駐
祂凝視　空間就位

不生不滅的偽天使
成就明日奧義書

**地：水火的祝福**

日光直視萬物裸體
峰巒　谷壑　層層疊疊
黑松樹冠指引著孤雲
季節風　隨蝴蝶
翩翩協奏虛空
永恆的節拍

信天翁的神祕旅程
快遞霹靂消息　野火
燒不盡——蓊鬱點燃了森林
劈啪烈焰往上流竄　直燒到

雪線為止。未知亦來插花
親留吻痕與傷疤

巍峨冰冠倒塌了
誰能攙扶這個巨人——
固體的信仰深植南北兩極
千年故事搶在一夕說完
溫室效應不斷擴大
海岸線不斷後撤

塑膠微粒洗劫了海水
文明之惡顛覆
顛覆自然之善——
每匹波浪都刻有上蒼印記
那曼妙難測的玄力

水能載舟亦能覆舟

造山運動又一波
湖泊　以倒像召喚百川
島嶼　無悔於獻身巨浪
然則——形而上的汪洋
水落石出　湧現本質
正當催熟一闋安魂曲：

讓蟲蛇的漩渦潰散——
讓蝙蝠的魔咒失效——
讓瘴癘魍魎隔離在外——
讓暴風雨蒸發為晴日——
讓地災的深塹填平——
讓天賜的聖焰高照——

## 天：萬有之門

玄學最高級直指蒼天
合掌祈福　靈明若現
雷電激辯於雲間——
宇宙終端機尚待解密
新視野號必得解纜
射向彼岸

浩瀚銀河洶湧翻騰
地球旅者默然——
頭顱能思想些什麼？
齒牙能咀嚼些什麼？
雙瞳凝視著天文望遠鏡
萬花筒如何幻化水晶球？

太空船飛行抵達最遠
無人穿越太陽系
無人穿越未來
僅僅傳送回來
星星交替熄燈的訊號——
天問　即詩的完美形式

命運紡輪無盡轉旋
謎一樣的黑洞
禪一樣的真理
醒過來！醒過來！
無相　無界　無色　無識
直達萬有的空門——

複製時間以時間
分裂空間以空間
口中唸唸有詞：日日是好日
把自己交給每片當下
呵這生之奧祕　將因困惑
因探詢而裂罅了

終究回歸原型
不論陰陽　染淨　繁簡
只把存在本體串上一條麻繩
用來繫住善根　去禮拜諸天——
此刻喜悅迸發閃光　輻射狀
昇華全方位的黑暗——請眾同禱……

INK PUBLISHING 文學叢書 644

# 火山口的音樂

作　　者　陳家帶
總 編 輯　初安民
責任編輯　林家鵬
美術編輯　林麗華
校　　對　陳家帶　林家鵬

發 行 人　張書銘
出　　版　INK 印刻文學生活雜誌出版股份有限公司
新北市中和區建一路249號8樓
電話：02-22281626
傳真：02-22281598
e-mail : ink.book@msa.hinet.net
網　　址　舒讀網http : //www.inksudu.com.tw

法律顧問　巨鼎博達法律事務所
施竣中律師
總 代 理　成陽出版股份有限公司
電話：03-3589000（代表號）
傳真：03-3556521
郵政劃撥　19785090 印刻文學生活雜誌出版股份有限公司
印　　刷　海王印刷事業股份有限公司

港澳總經銷　泛華發行代理有限公司
地　　址　香港新界將軍澳工業邨駿昌街7號2樓
電　　話　(852) 2798 2220
傳　　真　(852) 3181 3973
網　　址　www.gccd.com.hk

出版日期　2020 年 11 月　初版
ISBN　978-986-387-367-9

定價　280元



本書獲國家文化藝術基金會補助出版

國家圖書館出版品預行編目資料

火山口的音樂／陳家帶著.--
初版. --新北市中和區：
INK印刻文學, 2020. 11
面； 14.8 × 21公分. --（文學叢書；644）
ISBN　978-986-387-367-9（平裝）

863.51　　109016478